Pour Ernest, premier lecteur épatant qui donne des ailes !
Amélie

Certifié PEFC
Ce produit est issu de forêts gérées durablement et de sources contrôlées
PEFC
PEFC/32-31-002
www.pefc-france.org

Couvent Sainte-Cécile, 37 rue Servan, 38000 Grenoble

Loi n°49-956 du 16 juillet 1949 sur les publications destinées à la jeunesse,
modifiée par la loi n°2011-525 du 17 mai 2011
Dépôt légal : septembre 2023
ISBN : 978-2-344-05689-9 / 001
Maquette intérieure : Graphicat
Crédits : p. 8, 10, 14, 24, 26, 30, 32, 34, 36, 38, 40, 42, 44, 46, 52, 54 © Adobe Stock
Achevé d'imprimer en Pologne en août 2023 par Drukarnia Interak SP. z.o.o.,
sur papier provenant de forêts gérées de manière durable.

AMÉLIE
POGGI

ESTELLE
BILLON-SPAGNOL

Les fausses et bonnes RÉPONSES de

CÉLESTE ET MIKA

LES ANIMAUX

Glénat jeunesse

CÉLESTE

Âge : 7 ans et demi
Meilleur ami : Mika
Caractère : curieuse, drôle, les pieds sur terre
Aime : les pains au chocolat, les jeux vidéo, la mécanique, faire du cerf-volant, lire
Déteste : mettre des collants, les araignées, manger de la choucroute, patienter

MIKA

Âge : 7 ans
Meilleure amie : Céleste
Caractère : bavard, sensible, la tête dans les nuages
Aime : les salsifis, la radio, chanter, faire des gâteaux, sauter dans les flaques d'eau
Déteste : les poils de chat, dessiner, se faire couper les cheveux, l'odeur des choux de Bruxelles

PROSPER

Âge : 4 ans en années de chien
Meilleurs amis : Céleste et Mika
Aime : manger, dormir, courir et jouer avec Mika et Céleste
Déteste : ne pas être avec Mika et Céleste

CÉLESTE ET MIKA SONT DEUX PETITS CURIEUX !

Ils se posent des questions sur le monde qui les entoure et les petites ou grosses bêtes qui le peuplent !

Lorsqu'ils se promènent dans la nature, ils se posent des milliers de questions : comment respirent les poissons ? Est-ce qu'il existe des écoles pour apprendre aux oiseaux à voler ? Pourquoi les yeux des chats brillent-ils dans le noir ? Combien de pattes a un mille-pattes… ? À chaque fois qu'ils essaient de trouver une réponse, Céleste et Mika en proposent deux… Mais attention, l'une est vraie et l'autre totalement fausse ! Alors, si toi aussi tu es curieux·se d'en apprendre plus sur les animaux, leur façon de vivre et leurs petites particularités, essaie de trouver la bonne réponse ! Et ce n'est pas toujours celle que l'on imagine… Si tu as du mal à choisir, tu peux aller à la page 60 pour trouver les solutions.

Bonne découverte avec Céleste et Mika !

Pourquoi Prosper tire-t-il la langue ?

IL ME SEMBLE QUE C'EST POUR UNE RAISON...

Plutôt rigolote ! Si Prosper tire la langue, c'est parce qu'il a envie de jouer. C'est sa manière à lui de montrer à son maître qu'il est d'humeur joyeuse. D'ailleurs, toi, quand tu tires la langue, c'est souvent que tu fais une blague ou que tu es content, non ? Pour Prosper, c'est pareil : tirer la langue, c'est montrer qu'il est prêt à s'amuser. Je ne te cache pas que parfois, ce n'est pas facile de le comprendre parce que quand il tire la langue, il ne dit pas s'il veut jouer au ballon, aller chercher un bâton ou sauter dans tous les sens avec nous...

MAIS NON, JE SAIS !

C'est une question de chaleur et de température. Sauf que Prosper, lui, ne peut pas transpirer en quantité suffisante par la peau. Quand on a chaud, on transpire... Mais pour Prosper, le seul moyen de faire baisser sa température corporelle, c'est de tirer la langue : en respirant de cette façon, avec la langue qui pend, il expire de l'air chaud et inspire de l'air froid, qui va rafraîchir son corps. On a longtemps cru que les chiens ne transpiraient pas du tout, mais c'est faux ! Simplement, ça ne se voit pas beaucoup.

Et toi, pourquoi crois-tu que Prosper tire la langue ?

Pourquoi les œufs des poules ne donnent-ils pas tous des poussins ?

BONNE QUESTION !

Moi je pense que ça a un rapport avec la reproduction, tu sais, le fait de faire des bébés. Mon papy Eugène m'a expliqué que la poule a dans son corps des petites cellules, qui s'appellent des ovules. Si la poule rencontre un coq qui lui plaît, ils s'accouplent et le coq dépose à l'intérieur de la poule ses spermatozoïdes, les petites cellules qui ressemblent à des têtards, tu vois ce que je veux dire, Mika ? Et c'est quand les spermatozoïdes rencontrent l'ovule, que ça fait un œuf avec un poussin dedans ! Donc, si la poule ne rencontre pas de coq dont elle tombe amoureuse, elle pond des œufs tout simples, sans poussins.

MAIS PAS DU TOUT, CÉLESTE !

Tu compliques trop les choses ! Le coq n'intervient pas du tout dans cette histoire ! C'est vrai que la poule a des petits œufs dans son corps, mais il y en a de deux sortes : d'un côté, ceux avec des poussins et, de l'autre, ceux sans poussins avec du jaune et du blanc à l'intérieur. La poule les pond chacun à leur tour, selon les jours pairs et impairs. En jour pair, avec des poussins ; en jour impair, sans poussins. Il faut que l'éleveur fasse très attention pour savoir quel jour on est afin de vendre les œufs les jours impairs, ceux sans poussins !

Et toi, sais-tu pourquoi les œufs ne donnent pas toujours de poussins ?

Comment les poissons respirent-ils sous l'eau sans tuba ?

JE SAIS !

Mon copain Basile a un aquarium chez lui et il a bien observé son poisson Zébulon : contrairement à nous, qui avons besoin de rester à l'air libre pour respirer avec nos poumons, Zébulon est équipé d'un système respiratoire très spécial, avec des organes qui s'appellent les branchies. Elles sont positionnées de chaque côté de sa tête et lui permettent de capter l'oxygène qui est dans l'eau. Pas besoin de remonter à la surface de l'eau, sauf quand l'oxygène dissous vient à manquer dans son bocal... ou pour nous faire coucou !

MÊME PAS VRAI, MIKA !

Je pense que ton copain Basile n'a pas les yeux en face des trous. Parce que cette histoire de « branches », c'est n'importe quoi ! S'il était plus observateur, il aurait vu que les poissons remontent toujours à la surface à un moment ou à un autre pour respirer. D'ailleurs, leur nez est comme le nôtre, au milieu de la tête ! Ensuite, ils conservent l'oxygène dans un petit sac spécial situé sous leur ventre, qui s'appelle l'oxygébus. Et en plus, le sac change de couleur quand il est rempli : il devient jaune. Quand l'oxygébus est vide, et qu'ils n'ont plus de réserves pour respirer, les poissons remontent à la surface pour reprendre de l'oxygène !

Alors, d'après toi, comment les poissons respirent-ils ?

Qui apprend aux oiseaux à s'envoler ?

TU NE VAS PAS LE CROIRE, CÉLESTE !

Les oiseaux ont des écoles de vol pour apprendre à voler, sinon, comment pourraient-ils y arriver ? Par magie ? Dans ces écoles, qui sont spécialisées pour chaque espèce, des oiseaux plus âgés leur apprennent comment muscler leurs ailes, comment les déployer et comment s'envoler… et réussir à planer ensuite. Ça prend du temps et c'est un peu secret. C'est pour cette raison que les nids sont toujours très en hauteur : pour qu'on ne puisse pas voir comment les oisillons apprennent à voler dans ces écoles spéciales.

N’IMPORTE QUOI !

En réalité, les scientifiques qui étudient les oiseaux (on les appelle les « ornithologues »), se sont rendu compte que personne n’apprend aux oisillons à voler ! Ils le font tout seuls, d’eux-mêmes ! C’est un peu comme apprendre à marcher, on dit que c’est instinctif. Comme si, en naissant, ils savaient déjà dans leur tête et dans leur corps comment réussir à voler. Bien sûr, quand ils débutent, ils ne volent pas très bien. Mais après quelques essais, ils réussissent à le faire aussi bien que les oiseaux adultes ! C’est pas extraordinaire ? Imagine si on savait écrire sans avoir à aller à l’école !

Alors, selon toi, comment les oiseaux savent-ils voler ?

Est-ce que les abeilles mangent le miel qu'elles produisent ?

PAS DU TOUT !

Le miel que les abeilles fabriquent est seulement pour les hommes et les animaux. Quand elles ont recueilli le nectar des fleurs, les abeilles butineuses viennent le donner dans la ruche aux abeilles receveuses qui vont le transformer en miel grâce à leur salive. Mais ensuite, c'est un peu comme pour le chocolatier ou le pâtissier : à force de produire le miel, les abeilles en sont dégoûtées et n'en mangent plus jamais ! En plus, elles sont connues pour avoir les yeux plus gros que le ventre : elles mangent tellement de nectar quand elles butinent qu'elles n'ont de toute façon plus de place pour le miel ensuite !

PRESQUE, CÉLESTE !

Tu as raison sur la façon dont les abeilles fabriquent le miel, c'est bien avec leur salive. Quand le miel est produit : elles le mettent dans les alvéoles de la ruche. Tu sais, ce sont les petits trous bien alignés que l'on trouve à l'intérieur. Mais tu as tort de dire qu'elles ne mangent pas de miel ! Au contraire : elles le gardent précieusement pour l'hiver, quand elles ne peuvent plus sortir de chez elles. D'ailleurs, les apiculteurs qui élèvent des abeilles laissent toujours un peu de miel dans leurs ruches pour que leurs petites bêtes aient à manger quand il fait froid.

Et toi, penses-tu que les abeilles mangent leur propre miel ?

D'où vient la lumière qui fait briller les lucioles ?

C'EST TRÈS SIMPLE !

Les lucioles sont de petits insectes qui vivent dans les pelouses et les arbres, et que l'on peut voir briller quand la nuit tombe. Et elles peuvent faire de la lumière parce qu'elles se nourrissent de poussière d'étoiles filantes ! C'est pour cette raison d'ailleurs, qu'on ne voit jamais les lucioles pendant la journée : c'est bien connu, les étoiles ne sont visibles que la nuit ! Par contre, il faut être attentif car les lucioles ne brillent pas longtemps : la poussière d'étoile filante s'éteint au bout de seulement quelques minutes.

QUELLE BELLE HISTOIRE !

Mais ce n'est pas aussi poétique en vrai, Mika. C'est même un peu compliqué à expliquer… Tout se passe dans leur abdomen. Les lucioles ont des molécules différentes à cet endroit, c'est-à-dire de tout petits morceaux de matière, qu'on ne peut pas voir à l'oeil nu. Quand ces molécules sont mises en contact entre elles en présence d'oxygène, tu sais, ce qui nous permet de respirer, cela crée de la lumière. Et d'ailleurs, les lucioles sont tellement fortes qu'elles peuvent choisir l'intensité de cette lumière et même sa durée !

D'après toi, comment font les lucioles pour briller ?

Pourquoi les chauves-souris dorment-elles la tête à l'envers ?

C'EST UN CHOIX TACTIQUE !

D'abord, les chauves-souris ont des prédateurs, c'est-à-dire qu'elles sont chassées par des animaux qui veulent les manger. En étant la tête en bas, mais en hauteur, elles peuvent à la fois mieux les voir mais aussi les éviter. Mais surtout, les chauves-souris ne savent pas prendre d'élan pour voler en partant du sol ! Leurs jambes sont trop faibles pour leur donner une impulsion. En fait, en se laissant tomber tête en bas, elles arrivent à prendre de l'élan pour voler ensuite dans le ciel.

MAIS NON, MIKA !

Si les chauves-souris dorment ainsi, c'est tout simplement parce qu'elles ont froid aux oreilles ! Quand elles se mettent la tête en bas, sans bouger, leur sang descend vers la tête, et vers leurs oreilles qui ne sont pas couvertes de poils contrairement au reste de leur corps. Si elles n'avaient pas la chaleur du sang pour leur réchauffer ces extrémités, elles mourraient de froid puisqu'elles dorment souvent dans des grottes glaciales. Donc, elles ont choisi de se mettre la tête à l'envers pour avoir chaud !

Et toi, sais-tu pourquoi les chauves-souris dorment la tête en bas ?

Est-ce que les points de la coccinelle permettent de connaître son âge ?

ÉVIDEMMENT... QUE NON !

Certaines coccinelles ont parfois plus de 20 points sur le corps, et pourtant, elles ne vivent pas plus de 2 ou 3 ans... En fait, les points de la « bête à bon Dieu » servent à prévenir les animaux qui voudraient les manger, qu'elles sont toxiques. Elles ont en effet dans le corps des substances très mauvaises, qui peuvent empoisonner leurs prédateurs. Les points sont donc utiles, mais pas du tout pour leur donner un âge ! Ils leur servent à se défendre.

OH LÀ LÀ CÉLESTE…

Tu compliques tout ! Mon arrière-grand-tante Huguette, qui connaît bien les animaux du jardin, m'a expliqué que lorsqu'elles naissent, les coccinelles sont toutes « nues », sans points et, le plus souvent, jaunes. Chaque année qui passe, la maman coccinelle ajoute un point sur le corps de son enfant coccinelle jusqu'à ce qu'il n'y ait plus de place ! Les points servent à se reconnaître entre cousines de la même famille pour se regrouper, afin de former des essaims quand elles se déplacent.

Et toi, penses-tu que les points des coccinelles ont un rapport avec leur âge ?

Pourquoi les yeux des chats brillent-ils dans le noir ?

FACILE !

Les chats sont des animaux très anciens, qui existaient déjà au temps des Égyptiens et des pyramides. Et s'ils sont toujours là à notre époque, c'est parce qu'ils sont dotés de super-pouvoirs ! Par exemple, les chats atterissent toujours sur leurs pattes quand ils tombent. Eh bien, pour la vue, c'est la même chose ! Les chats ont des yeux avec une sorte de lampe-torche à l'intérieur. La journée, leur cerveau l'éteint, mais dès qu'il fait noir, la nuit surtout, il commande l'allumage. C'est ce qui explique que dans la nuit, les yeux des chats brillent, illuminés de l'intérieur par une lumière très puissante.

ÇA M'ÉTONNERAIT !

C'est bien une histoire de lumière, mais pas celle que tu racontes, Céleste. Ma maman m'a tout expliqué : les chats ont tout au fond des yeux une petite membrane qui s'appelle le *tapetum lucidum*. C'est une fine couche qui permet d'augmenter la quantité de lumière qui entre dans les yeux du chat, et les fait briller fort. Mais attention, pour voir les yeux des chats briller dans le noir, il faut quand même qu'il y ait un tout petit peu de lumière quelque part pour que la membrane fasse son travail !

Et toi, sais-tu comment brillent les yeux des chats ?

Si la taupe est aveugle, comment peut-elle savoir où creuser des trous ?

MOI JE SAIS !

La taupe creuse des tunnels et des trous, pour trouver de la nourriture : des vers de terre, des œufs de fourmis, des limaces… Malheureusement, elle a de tout petits yeux qui la rendent presque aveugle. Mais ses autres sens sont très développés, comme son ouïe et son odorat : elle entend le bruit des insectes sous la terre et peut même les sentir à travers la terre ! Elle se met alors à creuser pour attraper son déjeuner ! Pour cela, elle utilise ses pattes avant, qui ressemblent à de grandes mains. Les pattes arrière, elles, projettent la terre derrière son corps. Une sacrée technique !

MAIS PAS DU TOUT !

Bien qu'elle soit aveugle, la taupe creuse grâce à un radar situé au bout de son nez, qui lui permet de localiser les animaux qu'elle cherche. D'ailleurs, le museau de la taupe est toujours très long afin que le radar nasal puisse fonctionner le mieux possible. Les choses se compliquent si elle attrape un rhume : le radar fonctionne alors moins bien à cause de son museau bouché. Cela explique d'ailleurs pourquoi les taupes sortent peu : elles se protègent du froid sous la terre, pour ne pas tomber malades.

Et toi, sais-tu comment les taupes savent où creuser ?

Mais pourquoi les tortues avancent-elles si lentement ?

AH, JE CROIS QUE JE SAIS !

Les tortues ont une circulation sanguine très différente de la nôtre : les battements de leur cœur sont beaucoup plus lents que ceux des humains. C'est pour cette raison qu'elles vivent si longtemps mais aussi qu'elles avancent si doucement : elles bougent en fonction de l'énergie que leur cœur envoie dans leurs veines, pour faire bouger leurs muscles, notamment ceux de leurs pattes. Comme un petit moteur qui tourne tout doucement… Impossible d'aller plus vite, c'est une question de physique et de biologie !

MAIS NON, CÉLESTE !

Les tortues portent une carapace très lourde, qui fait en moyenne deux tiers de leur poids. Ça veut dire que si une tortue terrestre pèse 150 kilos, sa carapace en fait 100 ! Tu te rends compte ? C'est tellement lourd qu'elles ont du mal à marcher rapidement… Surtout qu'en plus, elles ont de toutes petites pattes. Voilà pourquoi elles ne se pressent jamais ! Et on les comprend, on en ferait autant à leur place !

À ton avis, pourquoi les tortues sont tellement lentes à se déplacer ?

Est-ce qu'un escargot est forcément un garçon ?

EH BIEN... NON !

Un escargot n'est pas forcément un garçon. C'est d'ailleurs drôle parce que l'escargot n'est ni une fille ni un garçon, il est les deux ! Ça s'appelle être « hermaphrodite », à la fois mâle et femelle. Et pour faire des bébés, deux escargots doivent se rencontrer et se féconder mutuellement, c'est-à-dire qu'ils s'échangent des cellules reproductrices mâles et femelles. Ça semble compliqué, mais en fait, ça permet surtout aux escargots de tomber amoureux de tous les autres escargots : fille ou garçon, ça n'a pas d'importance !

MAIS BIEN SÛR QUE SI, MIKA !

Déjà, si l'escargot n'était pas un garçon, on ne dirait pas « un escargot », c'est bien la preuve que j'ai raison ! Et puis, tout le monde sait que la femelle de l'escargot, c'est la limace, et que c'est en s'accouplant qu'ils font soit des petits escargots, soit des petites limaces, et même parfois des limaçons ! Enfin, si tu regardes bien, tu vois aussi que l'escargot laisse une traînée de « morve » quand il avance, et ça c'est bien la preuve que c'est un garçon : il n'y a que les garçons qui bavent, jamais les filles !

À ton avis, l'escargot est-il mâle ou femelle ?

Avec quel fil l'araignée tisse-t-elle sa toile ?

MOI JE SAIS !

Ma grand-mère Paulette fait beaucoup de couture, et elle m'a expliqué que les araignées viennent la nuit pour « voler » les petits bouts de fil qu'elle laisse tomber sur le sol. C'est à partir de ces fils, attachés bout à bout, que les araignées font ensuite leur toile. On peut donc dire qu'elles tissent leur ouvrage avec le même fil que celui que les humains utilisent pour recoudre leurs vêtements ! Et elles sont très malines parce qu'elles choisissent plutôt des fils foncés, noirs ou gris, pour qu'on ne repère pas leurs toiles dans la nature, même en plein soleil !

JE PENSE QUE...

Ta grand-mère Paulette t'a raconté des histoires ! Les araignées n'ont pas besoin de nous pour trouver du fil afin de tisser leur toile ! Eh oui, elles produisent elles-mêmes le fil à partir de glandes situées dans leur abdomen. Dans leur corps, la soie est liquide, et c'est quand elle sort à l'air libre qu'elle devient solide et se transforme en fil très résistant. Les araignées peuvent donc en produire autant qu'elles le souhaitent ! Et pour faire une toile, elles ont besoin d'à peu près une heure de filage et de 30 mètres de fil : c'est énorme, Mika, c'est comme un immeuble de 9 étages, tu te rends compte !

Qu'en penses-tu, avec quoi l'araignée tisse-t-elle sa toile ?

Est-ce qu'un papillon peut vivre jusqu'à cent ans ?

FORCÉMENT...

Puisque le papillon est comme le phénix ! Tu connais cet oiseau extraordinaire, Mika ? C'est un oiseau qui meurt en s'enflammant, et de ces flammes ressort un nouveau phénix. Pour le papillon, c'est pareil : quand il sent que sa fin est proche, il meurt mais renaît immédiatement à partir de son ancien corps. Il faut savoir que les papillons se cachent pour cette transformation, donc, c'est très difficile de les voir renaître. Mais on peut dire que oui, ils peuvent vivre au moins jusqu'à cent ans !

CÉLESTE, LE PHÉNIX N'EXISTE PAS !

C'est un oiseau de la mythologie ! Et je suis désolée de t'apprendre que les papillons vivent rarement très longtemps. La plupart du temps, leur durée de vie est de quelques semaines, parfois même seulement de quelques jours. On dit même que ce sont les plus petits papillons qui vivent le moins longtemps.
Le seul papillon qui vive plusieurs mois, c'est le papillon citron, qui peut dépasser les 10 mois. Mais c'est très très rare.

Penses-tu que le papillon puisse vivre cent ans ?

Pourquoi la marmotte hiberne-t-elle tous les ans ?

C'EST TOUT SIMPLE !

Pendant l'hiver, lorsqu'il fait très froid et que la nourriture commence à manquer, la marmotte dort bien au chaud dans son terrier, en attendant les jours meilleurs. Et ça peut durer 6 mois ! Pendant l'été, elle mange beaucoup pour augmenter ses réserves de graisse et grossir. Et pendant l'hiver suivant, elle hiberne de nouveau, en dormant et en faisant baisser sa température corporelle pour ne pas dépenser trop d'énergie.
Même les battements de son cœur ralentissent !

CE N'EST PAS DU TOUT POUR ÇA, CÉLESTE !

Si la marmotte hiberne pendant 6 mois et reste dans son terrier, c'est parce que juste avant l'hiver, elle perd tous ses poils. Et comme la marmotte est très coquette, elle préfère se cacher le temps que sa fourrure repousse. Ainsi, personne ne la voit et en plus, elle a chaud dans son petit nid douillet, alors que dehors, sans ses poils, elle ne pourrait pas résister aux températures hivernales !

Pourquoi penses-tu que la marmotte hiberne ?

Pourquoi les vaches pètent-elles ?

C'EST À CAUSE DES MOUCHES !

Si les vaches pètent, c'est pour faire comme les putois : se défendre et faire fuir les animaux qui les gênent. Tu as dû remarquer, Céleste, que les vaches sont souvent entourées de mouches, ce qui les agace au plus haut point même si elles ne laissent rien paraître… Eh bien pour les empêcher de venir trop près, elles pètent ! En sentant les pets des vaches, les mouches sont asphyxiées et peuvent en mourir sur place ! Le problème c'est que, comme il y a beaucoup de mouches, les vaches sont obligées de péter souvent et à répétition, pour éviter de se faire envahir par ces insectes. C'est pour ça que ça ne sent pas la rose dans les étables !

MAIS PAS DU TOUT !

Les vaches ne font pas du tout exprès de péter. C'est à cause de leur alimentation et de leur digestion. Elles se nourrissent en majorité d'herbe et de foin, et ces deux aliments produisent un gaz, le méthane, qu'elles doivent évacuer de leur corps. C'est pour ça qu'elles émettent des pets : pour faire sortir le gaz. D'ailleurs, elles rotent beaucoup aussi, pour la même raison. Et tu veux savoir un secret, Mika ? Les vaches rotent plus qu'elles ne pètent ! Ça a d'ailleurs un nom, ça s'appelle « l'éructation ».

À ton avis, pourquoi les vaches font beaucoup de pets ?

Les chevaux dorment-ils sur leurs quatre pattes ?

EH BIEN... OUI ET NON !

Les chevaux ont besoin d'être très en confiance pour s'allonger et dormir. Par conséquent, ils dorment dans des positions très différentes : debout sur leurs quatre pattes, allongés avec les pattes sous le ventre (on appelle ça en « vache »), ou allongés sur le côté quand ils sont très détendus. D'ailleurs, leur sommeil est différent suivant leur position : il est plus profond lorsqu'ils sont complètement allongés que lorsqu'ils dorment debout sur leurs quatre pattes.

JE PENSE QUE TU AS TOUT FAUX !

J'ai vu plein de chevaux et je peux te dire qu'ils dorment sur trois pattes, pas une de plus ! Tout simplement parce qu'ils ont besoin de reposer leurs sabots, qui piétinent beaucoup au cours de la journée. Donc, quand ils dorment, ils lèvent toujours une patte pour la reposer, et alternent au cours de la nuit. Ce n'est pas pour rien qu'on leur donne le surnom de « flamants roses en sabots » !

Allongé ou debout, il me faut surtout mon doudou.

Que penses-tu de la façon dont dorment les chevaux ?

Pourquoi n'y a-t-il plus aucun dinosaure ?

C'EST UNE QUESTION D'HISTOIRE, CÉLESTE !

S'il n'y a plus de dinosaures sur Terre depuis des millions d'années, c'est parce qu'ils ont disparu d'un coup, lorsqu'une météorite de plus de 10 kilomètres de diamètre s'est écrasée sur notre planète. C'était il y 66 millions d'années et le choc a été si puissant qu'il a créé instantanément un brasier qui a tout brûlé, des tsunamis qui ont tout submergé, sans compter les feux et les pluies acides. Heureusement que nous n'étions pas là pour voir ça !

C'EST UNE QUESTION DE TECHNOLOGIE, MIKA !

S'il n'y a plus de dinosaures, c'est parce que, contrairement à ce que tu dis, c'étaient des créatures très évoluées qui ont vu arriver la météorite et ils sont partis avant qu'elle ne tombe ! Ce que personne ne dit, c'est que les dinosaures étaient super intelligents et savaient conduire des vaisseaux spatiaux. À l'heure actuelle, on pense qu'ils sont installés sur la planète Jupiter…

Et toi, sais-tu ce que sont devenus les dinosaures ?

Combien de frères et sœurs ont les lapereaux ?

C'EST FACILE !

As-tu déjà vu un lapin se promener tout seul dans la nature ? Ça n'existe pas. En réalité, les lapins sont spécialistes des familles nombreuses et je vais te dire pourquoi. Les lapereaux naissent toujours avec un autre bébé du sexe opposé ! Ils sont toujours deux à la naissance, et toujours un mâle et une femelle. Cela permet de réguler les naissances et de faire en sorte qu'il y ait toujours autant de filles que de garçons lapins pour tomber amoureux et refaire des lapereaux ! C'est logique ! Tu vois une autre explication ?

N'IMPORTE QUOI, CÉLESTE !

Ce n'est pas du tout ça ! Les lapins peuvent donner naissance à beaucoup plus de deux lapereaux à chaque fois, et personne ne peut savoir à l'avance si ce seront des garçons ou des filles. En moyenne, les lapines ont cinq bébés à chaque portée, mais pour certaines, cela va jusqu'à douze ! Les lapereaux nouveau-nés sont donc très nombreux à chaque naissance. Sachant que les lapins se reproduisent très très vite, ça en fait, du monde, tous les ans !

Alors, sais-tu combien de frères et sœurs ont les lapereaux ?

Qu'est-ce que le **hamster** garde dans ses **joues** ?

JE CROIS QUE JE SAIS...

J'ai entendu dire que le hamster avait des petites poches à l'intérieur des joues, qui s'appellent les abajoues. Il s'en sert pour garder en lieu sûr de la nourriture. Quand ses abajoues sont pleines, il va se mettre dans un abri sûr pour manger ce qu'il a mis de côté dans sa bouche. De cette façon, il est tranquille pour se nourrir, et il ne craint ni d'être dérangé, ni d'être chassé par ses prédateurs ! Pour faire sortir la nourriture de ses abajoues et la manger, il appuie sur ses joues avec sa patte ou bouge sa mâchoire. Et le tour est joué !

PAS DU TOUT, CÉLESTE !

Si le hamster a de grosses joues, c'est parce qu'il les gonfle avec de l'air pour intimider ses prédateurs. Eh oui, le hamster est un tout petit animal, alors pour faire peur à ses ennemis, il double, voire triple la taille de ses joues. Et c'est aussi pour avoir l'air plus fort qu'il tourne frénétiquement dans sa roue : pour se muscler les pattes ! Mais comme c'est très fatigant, il dort beaucoup, pour se remettre de tous ces efforts !

À ton avis, qu'est-ce que le hamster cache dans ses joues ?

Combien de fois le serpent change-t-il de peau ?

TROP FACILE !

Le serpent change de peau à chaque fois qu'il sort à l'air libre ! Je sais, ça fait beaucoup, mais c'est un animal qui aime être camouflé, et ne pas être repéré. C'est ce qui explique qu'il modifie son apparence tout le temps, pour ne pas être reconnu par ses proies et ses prédateurs.
Et encore mieux : il sait changer de couleur de peau pour être encore plus méconnaissable ! Un peu comme le caméléon en quelque sorte.

MAIS VOYONS, PAS DU TOUT !

Le serpent change de peau quand il grandit, tout simplement parce qu'elle devient trop petite pour lui. Quand il est jeune, il peut connaître plusieurs mues par mois. Puis quand il vieillit, elles se font plus rares et arrivent à des moments très précis, comme après l'hibernation, ou au moment de l'accouplement. Et sache que lorsque le serpent mue, cela peut durer plusieurs jours, parfois même plusieurs semaines selon les espèces.

Et toi, combien de fois penses-tu que le serpent change de peau ?

Combien de pattes a un mille-pattes ?

MOI JE SAIS, C'EST TRÈS SIMPLE !

Si le mille-pattes s'appelle « mille-pattes », c'est bien qu'il a… mille pattes ! Souvent, on pense qu'il en a moins, mais c'est parce qu'on ne prend pas le temps de bien les compter. C'est d'ailleurs grâce à toutes ses pattes que cet animal se déplace si vite. Pas besoin de chercher une explication compliquée, Mika !

CE N'EST PAS SI SIMPLE, CÉLESTE !

Quand on parle de « mille-pattes », on parle de beaucoup d'animaux différents qui n'ont en réalité pas du tout mille pattes ! Il en existe 21 000 espèces, et certaines ont 30 pattes, alors que d'autres en ont 600. Et en 2021, on a même trouvé en Australie un mille-pattes appelé *Eumilipes persephone*, qui avait 1306 pattes ! En fait, on n'a jamais trouvé de mille-pattes avec... mille pattes !

Penses-tu que le mille-pattes possède vraiment mille pattes ?

Quel fromage les souris préfèrent-elles ?

MOI, JE DIRAIS : AUCUN !

C'est une légende de dire que les souris aiment manger du fromage. En fait, les souris préfèrent de loin les aliments sucrés, mais aussi ceux qui peuvent leur donner de l'énergie comme les cacahuètes ! On sait également qu'elles peuvent se nourrir de fruits et de légumes, surtout s'ils sont croquants car cela leur permet de se limer les dents en même temps.

C'EST FAUX, CÉLESTE !

Tout le monde sait que les souris aiment le fromage et particulièrement le gruyère. Et tu sais ce qui le prouve ? Les trous qu'on trouve dans le gruyère, justement. Ce sont les souris vivant dans les caves où sont entreposées les meules de gruyère, qui en grignotent l'intérieur. Et en plus, le chat met toujours du gruyère pour attirer la souris dans *Tom et Jerry*. C'est bien la preuve que le gruyère est leur fromage préféré, non ?

À ton avis, quel est le fromage préféré des souris ?

Les hérissons perdent-ils leurs piquants ?

BIEN SÛR QUE OUI !

Les piquants du hérisson sont en fait des cheveux très durs ! Et comme tous les cheveux, ils finissent par tomber et repousser. Un hérisson adulte possède entre 5 000 et 7 500 piquants sur son dos, dont la durée de vie est d'environ 18 mois. Au bout d'un an et demi, le piquant tombe et un autre le remplace. Ils sont indispensables pour protéger le hérisson de ses prédateurs car ils forment une sorte de carapace. La vraie question est de savoir si les hérissons ont des poux…

AH MAIS NON, MIKA !

Les hérissons ne perdent pas leurs piquants ! En fait, ils s'en servent effectivement pour se protéger et se battre contre leurs ennemis. Quand un hérisson rencontre un prédateur ou un danger, il détache l'un de ses piquants avec ses pattes et s'en sert comme d'une arme. Un peu comme une épée. Le piquant va ensuite repousser sur son corps, mais il ne tombe jamais tout seul… sauf quand le hérisson vieillit. Là, ses piquants deviennent gris puis tombent peu à peu. Un peu comme nos cheveux à nous. Les hérissons que l'on voit dans la nature sont assez jeunes, les plus âgés se cachent dans des terriers, en sécurité, justement parce qu'ils n'ont plus assez de piquants pour se protéger.

Et toi, penses-tu que les hérissons perdent leurs piquants ?

Est-ce que les licornes existent vraiment ?

BIEN SÛR QUE NON, CÉLESTE !

Les licornes sont des animaux magiques qui ont été inventés pour faire rêver les enfants dans les contes de fées. En réalité, personne n'a jamais vu de vraies licornes dans la nature, pour la simple et bonne raison qu'elles n'existent pas ! Mon papy m'a expliqué que ce sont les Grecs dans l'Antiquité qui ont inventé la première licorne, qu'ils appelaient alors le « monocéros », ce qui ressemble beaucoup au mot « rhinocéros », tu ne trouves pas ?

OH LÀ LÀ, MIKA, MAIS PAS DU TOUT !

Les licornes existent bien puisque les arcs-en-ciel existent aussi ! Ce sont elles qui les créent avec leur corne quand elles sont heureuses ! C'est triste de penser qu'elles ne sont pas réelles... Parfois, on pense qu'elles n'existent pas parce que la magie n'existe pas. Mais c'est faux ! Le monde est plein de magie, et c'est bien pour ça, Mika, que les licornes sont réelles ! Il faut juste être très attentif pour les voir, car elles sont farouches et se cachent des humains...

Et toi, penses-tu que les licornes existent vraiment ?

À la radio, ils ont dit que les renards ne mangeaient plus les lapins !
Oh, super ! On peut se promener tranquillement maintenant !
Oui, super…

Mais au fait, c'est quoi les « fake news » ?

Si tu es aussi curieux·se que Céleste et Mika, tu as sans doute envie de tout comprendre et de tout savoir sur... tout ! Mais attention, quand on cherche à comprendre comment fonctionnent les choses ou encore ce qui se passe dans le monde, il faut toujours **prendre garde à l'information** que l'on nous donne ou que l'on trouve.

Tu as dû le remarquer en lisant ce livre : Mika et Céleste ont toujours réponse à tout, mais à chaque fois, une explication est bonne et l'autre totalement fausse !

Une **fake news**, qui est une expression anglaise, c'est une information volontairement fausse, donnée par quelqu'un qui sait très bien qu'elle n'est pas vraie. Il faut y faire très attention, et **ne pas croire tout ce qu'on te raconte**...

Pour cela, dans un premier temps, il faut bien sûr faire fonctionner ton cerveau et essayer de démêler le vrai du faux, le fantastique et magique du plus probable. Par exemple, c'est plutôt évident que les araignées ne volent pas les fils des humains pour faire leurs toiles (voir p. 32-33), ou que les hérissons n'utilisent pas leurs piquants comme des épées (voir p. 54-55). Dans un second temps, si c'est difficile de trouver la vérité, il faut essayer de « recouper » les informations, c'est-à-dire de les chercher à plusieurs endroits ou auprès de personnes différentes. Ainsi, tu peux parler à tes parents, tes grands-parents, des ami·e·s... pour savoir ce qui est vrai.

La recherche d'une information vraie, vérifiée, est très importante dans le monde dans lequel nous vivons. En effet, énormément d'événements ont lieu tous les jours, et l'on peut facilement lire ou entendre dans le journal, à la télévision ou à la radio une fausse information. « Recouper les sources », c'est **chercher la vérité** à différents endroits, mais aussi **faire preuve de sens critique**, c'est-à-dire ne pas croire tout ce qu'on nous dit, et c'est essentiel !

Les vraies bonnes réponses aux questions de Céleste et Mika

Pourquoi Prosper tire-t-il la langue ? (pages 8-9)
C'est Mika qui a trouvé la bonne réponse !

Pourquoi les oeufs des poules ne donnent-ils pas tous des poussins ? (pages 10-11)
Tu t'en es douté, c'est Céleste qui a raison !

Comment les poissons respirent-ils sous l'eau sans tuba ? (pages 12-13)
Cette fois, c'est Mika qui a la bonne explication.

Qui apprend aux oiseaux à s'envoler ? (pages 14-15)
Demande à Céleste, c'est elle qui le sait.

Est-ce que les abeilles mangent le miel qu'elles produisent ? (pages 16-17)
Mika connaît la bonne réponse.

D'où vient la lumière qui fait briller les lucioles ? (pages 18-19)
Céleste a trouvé la première et c'est bien elle qui a raison !

Pourquoi les chauves-souris dorment-elles la tête à l'envers ? (pages 20-21)
Demande à Mika, il te donnera la bonne réponse.

Est-ce que les points de la coccinelle permettent de connaître son âge ? (pages 22-23)
Cette fois encore, c'est Céleste qui dit vrai.

Pourquoi les yeux des chats brillent-ils dans le noir ? (pages 24-25)
Bravo, Mika, c'est toi qui as raison !

Si la taupe est aveugle, comment peut-elle savoir où creuser des trous ? (pages 26-27)
On dirait que ces petits animaux souterrains n'ont pas de secret pour Céleste...

Mais pourquoi les tortues avancent-elles si lentement ? (pages 28-29)
Pas la peine de se compliquer la vie avec des explications compliquées,
Mika a la bonne réponse.

Est-ce qu'un escargot est forcément un garçon ? (pages 30-31)
Encore gagné, Mika !

Avec quel fil l'araignée tisse-t-elle sa toile ? (pages 32-33)
Céleste est une spécialiste des araignées, on dirait !

Est-ce qu'un papillon peut vivre jusqu'à cent ans ? (pages 34-35)
Tu t'en doutes, Mika a raison.

Pourquoi la marmotte hiberne-t-elle tous les ans ? (pages 36-37)
Bravo, Céleste, quelle perspicacité !

Pourquoi les vaches pètent-elles ? (pages 38-39)
Demande la bonne réponse à Céleste, elle te la donnera.

Les chevaux dorment-ils sur leurs quatre pattes ? (pages 40-41)
Décidément, Céleste, tu es incollable !

Pourquoi n'y a-t-il plus aucun dinosaure ? (pages 42-43)
C'est Mika qui connaît la bonne réponse.

Combien de frères et sœurs ont les lapereaux ? (pages 44-45)
Hip, hip, hip ! Mika, c'est toi qui as raison !

Qu'est-ce que le hamster garde dans ses joues ? (pages 46-47)
Difficile de te faire croire n'importe quoi, Céleste, bravo !

Combien de fois le serpent change-t-il de peau ? (pages 48-49)
Le serpent semblent être la spécialité de Céleste, c'est elle qui dit vrai !

Combien de pattes a un mille-pattes ? (pages 50-51)
Tu t'en doutes, Mika a raison.

Quel fromage les souris préfèrent-elles ? (pages 52-53)
C'est Céleste qui a trouvé la bonne réponse !

Les hérissons perdent-ils leurs piquants ? (pages 54-55)
Chacun son tour, c'est Mika qui dit vrai cette fois.

Est-ce que les licornes existent vraiment ? (pages 56-57)
Pas de licorne magique, c'est Mika qui a raison.